EL MATADERO

Libros a la carta

Partiendo de nuestro respeto a la integridad de los textos originales, ofrecemos también nuestro servicio de «Libros a la carta», que permite -bajo pedido- incluir en futuras ediciones de este libro prólogos, anotaciones, bibliografías, índices temáticos, fotos y grabados relacionados con el tema; imprimir distintas versiones comparadas de un mismo texto, y usar una tipografía de una edición determinada, poniendo la tecnología en función de los libros para convertirlos en herramientas dinámicas.

Estas ediciones podrán además tener sus propios ISBN y derechos de autor.

ESTEBAN ECHEVERRIA

EL MATADERO

BARCELONA **2006**
WWW.LINKGUA.COM

Créditos

Título original: *El matadero*.

© 2006, Linkgua ediciones S.L.

08011 Barcelona.
Muntaner, 45 3° 1ª
Tel. 93 454 3797
e-mail: info@linkgua.com

Diseño de cubierta: Linkgua S.L.

ISBN: 84-96290-43-3.

Las bibliografías de los libros de Linkgua son actualizadas en: www.linkgua.com

SUMARIO

PRESENTACIÓN

La vida

Esteban Echeverría (Buenos Aires, 1805-1851). Argentina.
Nació en septiembre de 1805 en Buenos Aires. Las muertes de sus padres
marcaron su infancia y su adolescencia. Fue uno de los alumnos más des-
tacados del departamento de estudios preparatorios de la Universidad, en
el que ingresó en 1822 interesado por las asignaturas de latín, ideología,
lógica y metafísica.
Trabajó en la aduana, estudió historia y francés y escribió poemas.
Más tarde, en octubre de 1825, marchó a Francia en un viaje que marcó su
orientación filosófica y política.
Murió el 19 de enero de 1851 de una afección pulmonar.

La casilla por otra parte, es un edificio tan ruin y pequeño que nadie lo notaría
en los corrales a no estar asociado su nombre al del terrible juez y a no resaltar
sobre su blanca cintura los siguientes letreros rojos: «Viva la Federación». «Viva
el Restaurador y la heroína doña Encarnación Ezcurra.» «Mueran los salvajes
unitarios.» Letreros muy significativos, símbolo de la fe política y religiosa de la
gente del matadero. Pero algunos lectores no sabrán que la tal heroína es la
difunta esposa del Restaurador, patrona muy querida de los carniceros, quienes,
ya muerta, la veneraban como viva por sus virtudes cristianas y su federal heroísmo en la revolución contra Balcarce.

I

A pesar de que la mía es historia, no la empezaré por el arca de Noé y la genealogía de sus ascendientes como acostumbraban hacerlo los antiguos historiadores españoles de América que deben ser nuestros prototipos. Temo muchas razones para no seguir ese ejemplo, las que callo por no ser difuso. Diré solamente que los sucesos de mi narración, pasaban por los años de Cristo de 183... Estábamos, a más, en cuaresma, época en que escasea la carne en Buenos Aires, porque la Iglesia adoptando el precepto de Epicteto, *sustine abstine* (sufre, abstente) ordena vigilia y abstinencia a los estómagos de los fieles, a causa de que la carne es pecaminosa, y, como dice el proverbio, busca a la carne. Y como la Iglesia tiene *ab initio* y por delegación directa de Dios el imperio inmaterial sobre las conciencias y estómagos, que en manera alguna pertenecen al individuo, nada más justo y racional que vede lo malo.

Los abastecedores, por otra parte, buenos federales, y por lo mismo buenos católicos, sabiendo que el pueblo de Buenos Aires atesora una docilidad singular para someterse a toda especie de mandamiento, solo traen en días cuaresmales al matadero, los novillos necesarios para el sustento de los niños y de los enfermos dispensados de la abstinencia por la Bula... y no con el ánimo de que se harten algunos herejotes, que no faltan, dispuestos siempre a violar los mandamientos carnificinos de la Iglesia, y a contaminar la sociedad con el mal ejemplo.

Sucedió, pues, en aquel tiempo, una lluvia muy copiosa. Los caminos se anegaron; los pantanos se pusieron a nado y las calles de entrada y salida a la ciudad rebosaban en acuoso barro. Una tremenda avenida se precipitó de repente por el Riachuelo de Barracas, y extendió majestuosamente sus turbias aguas hasta el pie de las barrancas del alto. El Plata creciendo embravecido empujó esas aguas que venían buscando su cauce y las hizo correr hinchadas por sobre campos, terraplenes, arboledas, caseríos, y extenderse como un lago inmenso por todas las bajas tierras. La ciudad circunvalada del Norte al Este por una cintura de agua y barro, y al Sur por un piélago blanquecino en cuya superficie flotaban a la ventura algunos barquichuelos y negreaban las chimeneas y las copas de los árboles, echaba desde sus torres y barrancas atónitas miradas al horizonte como implorando misericordia al Altísimo. Parecía el amago de un nuevo diluvio. Los beatos y beatas gimoteaban haciendo novenarios y continuas plegarias. Los predicadores atronaban el templo y hacían crujir el púlpito a puñetazos. Es el día del juicio, decían, el fin del mundo está por venir. La cólera divina rebosando se derrama en inundación. ¡Ay de vosotros pecadores! ¡Ay de vosotros unitarios impíos que os mofáis de la Iglesia, de los santos, y no escucháis con veneración la palabra de los ungidos del Señor! ¡Ay de vosotros si no imploráis misericordia al pie de los altares! Llegará la hora tremenda del vano crujir de dientes y de las frenéticas imprecaciones. Vuestra impiedad, vuestras herejías, vuestras blasfemias, vuestros crímenes horrendos, han traído sobre nuestra tierra las plagas del Señor. La justicia y el Dios de la Federación os declarará malditos.

Las pobres mujeres salían sin aliento, anonadadas del templo, echando, como era natural, la culpa de aquella calamidad a los unitarios.

Continuaba, sin embargo, lloviendo a cántaros, y la inundación crecía acreditando el pronóstico de los predicadores. Las campanas comenzaron a tocar rogativas por orden del muy católico Restaurador, quien parece no las tenía todas consigo. Los libertinos, los incrédulos, es decir, los unitarios, empezaron a amedrentarse al ver tanta cara compungida, oír tanta batahola de imprecaciones. Se hablaba ya como de cosa resuelta de una procesión en que debía ir toda la población descalza y a cráneo descubierto, acompañando al Altísimo, llevado bajo palio por el obispo, hasta la barranca de Balcarce, donde millares de voces conjurando al demonio unitario de la inundación, debían implorar la misericordia divina.

Feliz, o mejor, desgraciadamente, pues la cosa habría sido de verse, no tuvo efecto la ceremonia, porque bajando el Plata, la inundación se fue poco a poco escurriendo en su inmenso lecho sin necesidad de conjuro ni plegarias.

Lo que hace principalmente a mi historia es que por causa de la inundación estuvo quince días el matadero de la Convalecencia sin ver una sola cabeza vacuna, y que en uno o dos, todos los bueyes de quinteros y aguateros se consumieron en el abasto de la ciudad. Los pobres niños y enfermos se alimentaban con huevos y gallinas, y los gringos y herejotes bramaban por el beef-steak y el asado. La abstinencia de carne era general en el pueblo, que nunca se hizo más digno de la bendición de la Iglesia, y así fue que llovieron sobre él millones y millones de indulgencias plenarias. Las gallinas se pusieron a 6 $ y los huevos a 4 reales y el pescado carísimo. No hubo en aquellos días cuaresmales promiscuaciones ni excesos de gula; pero en cambio se fueron derechito al cielo innumerables ánimas y acontecieron cosas que parecen soñadas.

No quedó en el matadero ni un solo ratón vivo de muchos millares que allí tenían albergue. Todos murieron de hambre o ahogados en sus cuevas por la incesante lluvia. Multitud de negras rebusconas de achuras, como los caranchos de presa, se desbandaron por la ciudad como otras tantas harpías prontas a devorar cuanto hallaran comible. Las gaviotas y los perros inseparables rivales suyos en el matadero, emigraron en busca de alimento animal. Porción de viejos achacosos cayeron en consunción por falta de nutritivo caldo; pero lo más notable que sucedió fue el fallecimiento casi repentino de unos cuantos gringos herejes que cometieron el desacato de darse un hartazgo de chorizos de Extremadura, jamón y bacalao y se fueron al otro mundo a pagar el pecado cometido por tan abominable promiscuación.

Algunos médicos opinaron que si la carencia de careo continuaba, medio pueblo caería en síncope por estar los estómagos acostumbrados a su corroborante jugo; y era de notar el contraste entre estos tristes pronósticos de la ciencia y los anatemas lanzados desde el púlpito por los reverendos padres contra toda clase de nutrición animal y de promiscuación en aquellos días destinados por la Iglesia al ayuno y la penitencia. Se originó de aquí una especie de guerra intestina entre los estómagos y las conciencias, atizada por el inexorable apetito y las no menos inexorables vociferaciones de los ministros de la Iglesia, quienes, como es su deber, no transigen con vicio alguno que tienda a relajar las costumbres católicas: a lo que se agregaba el estado de flatulencia intestinal de los habitantes, producido por el pescado y los porotos y otros alimentos algo indigestos.

Esta guerra se manifestaba por sollozos y gritos descompasados en la peroración de los sermones y por rumores y estruendos subitáneos en las casas y calles de la ciudad o donde quiera concurrían gentes. Alarmose un tanto el gobierno, tan paternal como previsor, del Restaurador creyendo aquellos tumultos de origen revolucionario y atribuyéndolos a los mismos salvajes unitarios, cuyas impiedades, según los predicadores federales, habían traído sobre el país la inundación de la cólera divina; tomó activas providencias, desparramó sus esbirros por la población y por último, bien informado, promulgó un decreto tranquilizador de las conciencias y de los estómagos, encabezado por un considerando muy sabio y piadoso para que a todo trance y arremetiendo por agua y todo se trajese ganado a los corrales.

En efecto, el decimosexto día de la carestía víspera del día de Dolores, entró a nado por el paso de Burgos al matadero del Alto una tropa de cincuenta novillos gordos; cosa poca por cierto para una población acostumbrada a consumir diariamente de 250 a 300, y cuya tercera parte al menos gozaría del fuero eclesiástico de alimentarse con carne. ¡Cosa extraña que haya estómagos privilegiados y estómagos sujetos a leyes inviolables y que la Iglesia tenga la llave de los estómagos!

Pero no es extraño, supuesto que el diablo con la carne suele meterse en el cuerpo y que la Iglesia tiene el poder de conjurarlo: el caso es reducir al hombre a una máquina cuyo móvil principal no sea su voluntad sino la de la Iglesia y el gobierno. Quizá llegue el día en que sea prohibido respirar aire libre, pasearse y hasta conversar con un amigo, sin permiso de autoridad competente. Así era, poco más o menos, en los felices tiempos de nuestros beatos abuelos que por desgracia vino a turbar la revolución de Mayo.

Sea como fuera; a la noticia de la providencia gubernativa, los corrales del Alto se llenaron, a pesar del barro, de carniceros, achuradores y curiosos, quienes recibieron con grandes vociferaciones y palmoteos los cincuenta novillos destinados al matadero.

Chica, pero gorda, exclamaban. ¡Viva la Federación! ¡Viva el Restaurador! Porque han de saber los lectores que en aquel tiempo la Federación estaba en todas partes, hasta entre las inmundicias del matadero y no había fiesta sin Restaurador como no hay sermón sin Agustín. Cuentan que al oír tan desaforados gritos las últimas ratas que agonizaban de hambre en sus cuevas, se reanimaron y echaron a correr desatentadas conociendo que volvían a aquellos lugares la acostumbrada alegría y la algazara precursora de abundancia.

El primer novillo que se mató fue todo entero de regalo al Restaurador, hombre muy amigo del asado. Una comisión de carniceros marchó a ofrecérselo a nombre de los federales del matadero, manifestándole in voce su agradecimiento por la acertada providencia del gobierno, su adhesión ilimitada al Restaurador y su odio entrañable a los salvajes unitarios, enemigos de Dios y de los hombres. El Restaurador contestó a la arenga rinforzando sobre el mismo tema y concluyó la ceremonia con los correspondientes vivas y vociferaciones de los espectadores y actores. Es de creer que el Restaurador tuviese permiso especial de su ilustrísima para no abstenerse de carne, porque siendo tan buen observador de las leyes, tan buen católico y tan acérrimo protector de la religión, no hubiera dado mal ejemplo aceptando semejante regalo en día santo.

Siguió la matanza y en un cuarto de hora cuarenta y nueve novillos se hallan tendidos en la playa del matadero, desollados unos, los otros por desollar. El espectáculo que ofrecía entonces era animado y pintoresco aunque reunía todo lo horriblemente feo, inmundo y deforme de una pequeña clase proletaria peculiar del Río de la Plata. Pero para que el lector pueda percibirlo a un golpe de ojo preciso es hacer un croquis de la localidad.

El matadero de la Convalescencia o del Alto, sito en las quintas al Sur de la ciudad, es una gran playa en forma rectangular colocada al extremo de dos calles, una de las cuales allí se termina y la otra se prolonga hacia el Este. Esta playa con declive al Sur, está cortada por un zanjón labrado por la corriente de las aguas pluviales, en cuyos bordes laterales se muestran innumerables cuevas de ratones y cuyo cauce, recoge en tiempo de lluvia, toda la sangraza seca o reciente del matadero. En la junción del ángulo recto hacia el Oeste está lo que llaman la casilla, edificio bajo, de tres piezas de media agua con corredor al frente que da a la calle y palenque para atar caballos, a cuya espalda se notan varios corrales de palo a pique de ñandubay con sus fornidas puertas para encerrar el ganado.

Estos corrales son en tiempo de invierno un verdadero lodazal en el cual los animales apeñuscados se hunden hasta el encuentro y quedan como pegados y casi sin movimiento. En la casilla se hace la recaudación del impuesto de corrales, se cobran las multas por violación de reglamentos y se sienta el juez del matadero, personaje importante, caudillo de los carniceros y que ejerce la suma del poder en aquella pequeña república por delegación del Restaurador. Fáciles calcular qué clase de hombre se requiere para el desempeño de semejante cargo. La casilla por otra parte, es un edificio tan ruin y pequeño que nadie lo notaría en los corrales a no estar asociado su nombre al del terrible juez y a no resaltar sobre su blanca cintura los siguientes letreros rojos: «Viva la Federación». «Viva el Restaurador y la heroína doña Encarnación Ezcurra.» «Mueran los salvajes unitarios.» Letreros muy significativos, símbolo de la fe política y religiosa de la gente del matadero. Pero algunos lectores no sabrán que la tal heroína es la difunta esposa del Restaurador, patrona muy querida de los carniceros, quienes, ya muerta, la veneraban como viva por sus virtudes cristianas y su federal heroísmo en la revolución contra Balcarce. Es el caso que en un aniversario de aquella memorable hazaña de la mazorca los carniceros festejaron con un espléndido banquete en la casilla a la heroína, banquete a que concurrió con su hija y otras señoras federales, y que allí en presencia de un gran concurso ofreció a los señores carniceros en un solemne brindis su federal patrocinio, por cuyo motivo ellos la proclamaron entusiasmados patrona del matadero, estampando su nombre en las paredes de la casilla donde se estará hasta que lo borre la mano del tiempo.

La perspectiva del matadero a la distancia era grotesca, llena de animación. Cuarenta y nueve reses estaban tendidas sobre sus cueros y cerca de doscientas personas hollaban aquel suelo de lodo regado con la sangre de sus arterias. En torno de cada res resaltaba un grupo de figuras humanas de tez y raza distintas. La figura mas prominente de cada grupo era el carnicero con el cuchillo en mano, brazo y pecho desnudos, cabello largo y revuelto, camisa y chiripá y rostro embadurnado de sangre. A sus espaldas se rebullían caracoleando y siguiendo los movimientos una comparsa de muchachos, de negras y mulatas achuradoras, cuya fealdad trasuntaba las harpías de la fábula, y entremezclados con ella algunos enormes mastines, olfateaban, gruñían o se daban de tarascones por la presa. Cuarenta y tantas carretas toldadas con negruzco y pelado cuero se escalonaban irregularmente a lo largo de la playa y algunos jinetes con el poncho calado y el lazo prendido al tiento, cruzaban por entre ellas al tranco o reclinados sobre el pescuezo de los caballos echaban ojo indolente sobre uno de aquellos animados grupos, al paso que mas arriba, en el aire, un enjambre de gaviotas blanquiazules que habían vuelto de la emigración al olor de carne, revoloteaban cubriendo con su disonante graznido todos los ruidos y voces del matadero y proyectando una sombra clara sobre aquel campo de horrible carnicería. Esto se notaba al principio de la matanza.

Pero a medida que adelantaba, la perspectiva variaba; los grupos se deshacían, venían a formarse tomando diversas aptitudes y se desparramaban corriendo como si en medio de ellos cayese alguna bala perdida o asomase la quijada de algún encolerizado mastín. Esto era, que inter el carnicero en un grupo descuartizaba a golpe de hacha, colgaba en otro los cuartos en los ganchos a su carreta, despellejaba en éste, sacaba el sebo en aquél, de entre la chusma que ojeaba y aguardaba la presa de achura salía de cuando en cuando una mugrienta mano a dar un tarazón con el cuchillo al sebo o a los cuartos de la res, lo que originaba gritos y explosión de cólera del carnicero y el continuo hervidero de los grupos, dichos y gritería descompasada de los muchachos.

—Ahí se mete el sebo en las tetas, la tía —gritaba uno.

—Aquel lo escondió en el alzapón —replicaba la negra.

—iChe!, negra bruja, salí de aquí antes que te pegue un tajo —exclamaba el carnicero.

—¿Qué le hago ño, Juan?, ino sea malo! Yo no quiero sino la panza y las tripas.

—Son para esa bruja: a la m...

—iA la bruja! ia la bruja! —repitieron los muchachos—: ise lleva la riñonada y el tongorí! —y cayeron sobre su cabeza sendos cuajos de sangre y tremendas pelotas de barro.

Hacia otra parte, entre tanto, dos africanas llevaban arrastrando las entrañas de un animal; allá una mulata se alejaba con un ovillo de tripas y resbalando de repente sobre un charco de sangre, caía a plomo, cubriendo con su cuerpo la codiciada presa. Acullá se veían acurrucadas en hilera 400 negras destejiendo sobre las faldas el ovillo y arrancando uno a uno los sebitos que el avaro cuchillo del carnicero había dejado en la tripa como rezagados, al paso que otras vaciaban panzas y vejigas y las henchían de aire de sus pulmones para depositar en ellas, luego de secas, la achura.

Varios muchachos gambeteando a pie y a caballo se daban de vejigazos o se tiraban bolas de carne, desparramando con ellas y su algazara la nube de gaviotas que columpiándose en el aire celebraba chillando la matanza. Oíanse a menudo a pesar del veto del Restaurador y de la santidad del día, palabras inmundas y obscénas, vociferaciones preñadas de todo el cinismo bestial que caracteriza a la chusma de nuestros mataderos, con las cuales no quiero regalar a los lectores.

De repente caía un bofe sangriento sobre la cabeza de alguno, que de allí pasaba a la de otro, hasta que algún deforme mastín lo hacia buena presa, y una cuadrilla de otros, por si estrujo o no estrujo, armaba una tremenda de gruñidos y mordiscones. Alguna tía vieja salía furiosa en persecución de un muchacho que le había embadurnado el rostro con sangre, y acudiendo a sus gritos y puteadas los compañeros del rapaz, la rodeaban y asuzaban como los perros al toro y llovían sobre ella zoquetes de carne, bolas de estiércol, con groseras carcajadas y gritos frecuentes, hasta que el juez mandaba restablecer el orden y despejar el campo.

Por un lado, dos muchachos se adiestraban en el manejo del cuchillo tirándose horrendos tajos y reveses; por otro, cuatro ya adolescentes ventilaban a cuchilladas el derecho a una tripa gorda y un mondongo que habían robado a un carnicero; y no de ellos distante, porción de perros flacos ya de la forzosa abstinencia, empleaban el mismo medio para saber quién se llevaría un hígado envuelto en barro. Simulacro en pequeño era este del modo bárbaro con que se ventilan en nuestro país las cuestiones y los derechos individuales y sociales. En fin, la escena que se representaba en el matadero era para vista no para escrita.

Un animal había quedado en los corrales de corta y ancha cerviz, de mirar fiero, sobre cuyos órganos genitales no estaban conformes los pareceres porque tenía apariencias de toro y de novillo. Llegole su hora. Dos enlazadores a caballo penetraron al corral en cuyo contorno hervía la chusca a pie, a caballo y horquetada sobre sus ñudosos palos. Formaban en la puerta el más grotesco y sobresaliente grupo varios pialadores y enlazadores de a pie con el brazo desnudo y armados del certero lazo, la cabeza cubierta con un pañuelo punzó y chaleco y chiripá colorado, teniendo a sus espaldas varios jinetes y espectadores de ojo escrutador y anhelante.

El animal prendido ya al lazo por las astas, bramaba echando espuma furibundo y no había demonio que lo hiciera salir del pegajoso barro donde estaba como clavado y era imposible pialarlo. Gritábanlo, lo azuzaban en vano con las mantas y pañuelos los muchachos prendidos sobre las horquetas del corral, y era de oír la disonante batahola de silbidos, palmadas y voces tiples y roncas que se desprendía de aquella singular orquesta. Los dicharachos, las exclamaciones chistosas y obscenas rodaban de boca en boca y cada cual hacía alarde espontáneamente de su ingenio y de su agudeza excitado por el espectáculo o picado por el aguijón de alguna lengua locuaz.

—Hi de p... en el toro.

—Al diablo los torunos del Azul.

—Mal haya el tropero que nos da gato por liebre.

—Si es novillo.

—¿No está viendo que es toro viejo?

—Como toro le ha de quedar. ¡Muéstreme los c..., si le parece, c...o!

—Ahí los tiene entre las piernas. No los ve, amigo, más grandes que la cabeza de su castaño; ¿o se ha quedado ciego en el camino?

—Su madre sería la ciega, pues que tal hijo ha parido. ¿No ve que todo ese bulto es barro?

—Es emperrado y arisco como un unitario. —Y al oír esta mágica palabra todos a una voz exclamaron—: ¡mueran los salvajes unitarios!

—Para el tuerto los h...

—Sí, para el tuerto, que es hombre de c... para pelear con los unitarios.

—El matahambre a Matasiete, degollador de unitarios. ¡Viva Matasiete!

—¡A Matasiete el matahambre!

—Allá va, gritó una voz ronca interrumpiendo aquellos desahogos de la cobardía feroz. ¡Allá va el toro!

—¡Alerta! ¡Guarda los de la puerta! ¡Allá va furioso como un demonio!

Y en efecto, el animal acosado por los gritos y sobre todo por dos picanas agudas que le espoleaban la cola, sintiendo flojo el lazo, arremetió bufando a la puerta, lanzando a entrambos lados una rojiza y fosfórica mirada. Diole el tirón el enlazador sentando su caballo, desprendió el lazo de la asta, crujió por el aire un áspero zumbido y al mismo tiempo se vio rodar desde lo alto de una horqueta del corral, como si un golpe de hacha la hubiese dividido a cercén una cabeza de niño cuyo tronco permaneció inmóvil sobre su caballo de palo, lanzando por cada arteria un largo chorro de sangre.

—Se cortó el lazo —gritaron unos—: allá va el toro.

Pero otros deslumbrados y atónitos guardaron silencio porque todo fue como un relámpago.

Desparramose un tanto el grupo de la puerta. Una parte se agolpó sobre la cabeza y el cadáver palpitante del muchacho degollado por el lazo, manifestando horror en su atónito semblante, y la otra parte compuesta de jinetes que no vieron la catástrofe se escurrió en distintas direcciones en pos del toro, vociferando y gritando:

—¡Allá va el toro!

—¡Atajen! ¡Guarda!

—Enlaza, Siete pelos.

—¡Que te agarra, Botija!

—Va furioso; no se le pongan delante.

—¡Ataja, ataja morado!

—Dele espuela al mancarrón.

—Ya se metió en la calle sola.

—¡Que lo ataje el diablo!

El tropel y vocería era infernal. Unas cuantas negras achuradoras sentadas en hilera al borde del zanjón oyendo el tumulto se acogieron y agazaparon entre las panzas y tripas que desenredaban y devanaban con la paciencia de Penélope, lo que sin duda las salvó porque el animal lanzó al mirarlos un bufido aterrador, dio un brinco sesgado y siguió adelante perseguido por los jinetes. Cuentan que una de ellas se fue de cámaras; otra rezó diez salves en dos minutos, y dos prometieron a San Benito no volver jamás a aquellos malditos corrales y abandonar el oficio de achuradoras. No se sabe si cumplieron la promesa.

El toro entre tanto tomó hacia la ciudad por una larga y angosta calle que parte de la punta más aguda del rectángulo anteriormente descrito, calle encerrada por una zanja y un cerco de tunas, que llaman soles por no tener mas de dos casas laterales y en cuyo aposado centro había un profundo pantano que tomaba de zanja a zanja. Cierto inglés, de vuelta de su saladero vadeaba este pantano a la sazón, paso a paso en un caballo algo arisco, y sin duda iba tan absorto en sus cálculos que no oyó el tropel de jinetes ni la gritería sino cuando el toro arremetía al pantano. Azorose de repente su caballo dando un brinco al sesgo y echó a correr dejando al pobre hombre hundido media vara en el fango. Este accidente, sin embargo, no detuvo ni refrenó la carrera de los perseguidores del toro, antes al contrario, soltando carcajadas sarcásticas:

—Se amoló el gringo; levántate, gringo —exclamaron, y cruzando el pantano amasando con barro bajo las patas de sus caballos, su miserable cuerpo. Salió el gringo, como pudo, después a la orilla, más con la apariencia de un demonio tostado por las llamas del infierno que de un hombre blanco pelirrubio. Más adelante al grito de ¡al toro! ¡al toro! cuatro negras achuradoros que se retiraban con su presa se zambulleron en la zanja llena de agua, único refugio que les quedaba.

El animal, entre tanto, después de haber corrido unas veinte cuadras en distintas direcciones asorando con su presencia a todo viviente se metió por la tranquera de una quinta donde halló su perdición. Aunque cansado, manifestaba bríos y colérico ceño; pero rodeábalo una zanja profunda y un tupido cerco de pitas, y no había escape. Juntáronse luego sus perseguidores que se hallaban desbandados y resolvieron llevarlo en un señuelo de bueyes para que espiase su atentado en el lugar mismo donde lo había cometido.

Una hora después de su fuga el toro estaba otra vez en el Matadero donde la poca chusma que había quedado no hablaba sino de sus fechorías. La aventura del gringo en el pantano excitaba principalmente la risa y el sarcasmo. Del niño degollado por el lazo no quedaba sino un charco de sangre: su cadáver estaba en el cementerio.

Enlazaron muy luego por las astas al animal que brincaba haciendo hincapié y lanzando roncos bramidos. Echáronle, uno, dos, tres piales; pero infructuosos: al cuarto quedó prendido de una pata: su brío y su furia redoblaron; su lengua estirándose convulsiva arrojaba espuma, su nariz humo, sus ojos miradas encendidas

—¡Desgarreten ese animal! —exclamó una voz imperiosa. Matasiete se tiró al punto del caballo, cortole el garrón de una cuchillada y gambeteando en torno de él con su enorme daga en mano, se la hundió al cabo hasta el puño en la garganta mostrándola en seguida humeante y roja a los espectadores. Brotó un torrente de la herida, exhaló algunos bramidos roncos, vaciló y cayó el soberbio animal entre los gritos de la chusma que proclamaba a Matasiete vencedor y le adjudicaba en premio el matambre. Matasiete extendió, como orgulloso, por segunda vez el brazo y el cuchillo ensangrentado y se agachó a desollarle con otros compañeros.

Faltaba que resolver la duda sobre los órganos genitales del muerto clasificado provisoriamente de toro por su indomable fiereza; pero estaban todos tan fatigados de la larga tarea que la echaron por lo pronto en olvido. Mas de repente una voz ruda exclamó: aquí están los huevos, sacando de la barriga del animal y mostrando a los espectadores dos enormes testículos, signo inequívoco de su dignidad de toro. La risa y la charla fue grande; todos los incidentes desgraciados pudieron fácilmente explicarse. Un toro en el Matadero era cosa muy rara, y aun vedada. Aquél, según reglas de buena policía debió arrojarse a los perros; pero había tanta escasez de carne y tantos hambrientos en la población, que el señor juez tuvo a bien hacer ojo lerdo.

En dos por tres estuvo desollado, descuartizado y colgado en la carreta el maldito toro. Matasiete colocó el matambre bajo el pellón de su recado y se preparaba a partir. La matanza estaba concluida a las doce, y la poca chusma que había presenciado hasta el fin, se retiraba en grupos de a pie y de a caballo, o tirando a la cincha algunas carretas cargadas de carne.

Mas de repente la ronca voz de un carnicero gritó:

—¡Allí viene un unitario! —y al oír tan significativa palabra toda aquella chusma se detuvo como herida de una impresión subitánea.

—¿No le ven la patilla en forma de U? No traé divisa en el fraque ni luto en el sombrero.

—Perro unitario.

—Es un cajetilla.

—Monta en silla como los gringos.

—La mazorca con él.

—¡La tijera!

—Es preciso sobarlo.

—Trae pistoleras por pintar.

—Todos estos cajetillas unitarios son pintores como el diablo.

—¿A que no te le animas, Matasiete?

—¿A que no?

—A que sí.

Matasiete era hombre de pocas palabras y de mucha acción. Tratándose de violencia, de agilidad, de destreza en el hacha, el cuchillo o el caballo, no hablaba y obraba. Lo habían picado: prendió la espuela a su caballo y se lanzó a brida suelta al encuentro del unitario.

Era este un joven como de veinticinco años de gallarda y bien apuesta persona que mientras salían en borbotón de aquellas desaforadas bocas las anteriores exclamaciones trotaba hacia Barracas, muy ajeno de temer peligro alguno. Notando empero, las significativas miradas de aquel grupo de dogos de matadero, echa maquinalmente la diestra sobre las pistoleras de su silla inglesa, cuando una pechada al sesgo del caballo de Matasiete lo arroja de los lomos del suyo tendiéndolo a la distancia boca arriba y sin movimiento alguno.

—¡Viva Matasiete! —exclamó toda aquella chusma cayendo en tropel sobre la víctima como los caranchos rapaces sobre la osamenta de un buey devorado por el tigre.

Atolondrado todavía el joven fue, lanzando una mirada de fuego sobre aquellos hombres feroces, hacia su caballo que permanecía inmóvil no muy distante a buscar en sus pistolas el desagravio y la venganza. Matasiete dando un salto le salió al encuentro y con fornido brazo asiéndolo de la corbata lo tendió en el suelo tirando al mismo tiempo la daga de la cintura y llevándola a su garganta.

Una tremenda carcajada y un nuevo viva estertorio volvió a victoriarlo.

¡Qué nobleza de alma! ¡Qué bravura en los federales!, siempre en pandilla cayendo como buitres sobre la víctima inerte.

—Degüéllalo, Matasiete —quiso sacar las pistolas—. Degüéllalo como al toro.

—Pícaro unitario. Es preciso tusarlo.

—Tiene buen pescuezo para el violín.

—Tócale el violín.

—Mejor es resbalosa.

—Probemos —dijo Matasiete y empezó sonriendo a pasar el filo de su daga por la garganta del caído, mientras con la rodilla izquierda le comprimía el pecho y con la siniestra mano le sujetaba por los cabellos.

—No, no le degüellen —exclamó de lejos la voz imponente del juez del Matadero que se acercaba a caballo.

—A la casilla con él, a la casilla. Preparen la mazorca y las tijeras. ¡Mueran los salvajes unitarios! ¡Viva el Restaurador de las leyes!

—Viva Matasiete.

—¡Mueran! ¡Vivan! —repitieron en coro los espectadores y atándole codo con codo, entre moquetes y tirones, entre vociferaciones e injurias arrastraron al infeliz joven al banco del tormento como los sayones al Cristo.

La sala de la casilla tenía en su centro una grande y fornida mesa de la cual no salían los vasos de bebida y los naipes sino para dar lugar a las ejecuciones y torturas de los sayones federales del Matadero. Notábase además en un rincón otra mesa chica con recado de escribir y un cuaderno de apuntes y porción de sillas entre las que resaltaba un sillón de brazos destinado para el juez. Un hombre, soldado en apariencia, sentado en una de ellas cantaba al son de la guitarra la resbalosa, tonada de inmensa popularidad entre los federales, cuando la chusma llegando en tropel al corredor de la casilla lanzó a empellones al joven unitario hacia el centro de la sala.

—A ti te toca la resbalosa —gritó uno.

—Encomienda tu alma al diablo.

—Está furioso como toro montaraz.

—Ya le amansará el palo.

—Es preciso sobarlo.

—Por ahora verga y tijera.

—Si no, la vela.

—Mejor será la mazorca.

—Silencio y sentarse —exclamó el juez dejándose caer sobre su sillón. Todos obedecieron, mientras el joven de pie encarando al juez exclamó con voz preñada de indignación:

—Infames sayones, ¿qué intentan hacer de mí?

—¡Calma! —dijo sonriendo el juez—; no hay que encolerizarse. Ya lo verás.

El joven, en efecto, estaba fuera de sí de cólera. Todo su cuerpo parecía estar en convulsión: su pálido y amoratado rostro, su voz, su labio trémulo, mostraban el movimiento convulsivo de su corazón, la agitación de sus nervios. Sus ojos de fuego parecían salirse de la órbita, su negro y lacio cabello se levantaba erizado. Su cuello desnudo y la pechera de su camisa dejaban entrever el latido violento de sus arterias y la respiración anhelante de sus pulmones.

—¿Tiemblas? —le dijo el juez.

—De rabia, porque no puedo sofocarte entre mis brazos.

—¿Tendrías fuerza y valor para eso?

—Tengo de sobra voluntad y coraje para ti, infame.

—A ver las tijeras de tusar mi caballo; túsenlo a la federala.

Dos hombres le asieron, uno de la ligadura del brazo, otro de la cabeza y en un minuto cortáronle la patilla que poblaba toda su barba por bajo, con risa estrepitosa de sus espectadores.

—A ver —dijo el juez—, un vaso de agua para que se refresque.

—Uno de hiel te haría yo beber, infame.

Un negro petizo púsosele al punto delante con un vaso de agua en la mano. Diole el joven un puntapié en el brazo y el vaso fue a estrellarse en el techo salpicando el asombrado rostro de los espectadores.

—Éste es incorregible.

—Ya lo domaremos.

—Silencio —dijo el juez—, ya estás afeitado a la federala, sólo te falta el bigote. Cuidado con olvidarlo. Ahora vamos a cuentas.

—¿Por qué no traes divisa?

—Porque no quiero.

—No sabes que lo manda el Restaurador.

—La librea es para vosotros, esclavos, no para los hombres libres.

—A los libres se les hace llevar a la fuerza.

—Sí, la fuerza y la violencia bestial. Ésas son vuestras armas; infames. El lobo, el tigre, la pantera también son fuertes como vosotros. Deberíais andar como ellas en cuatro patas.

—¿No temes que el tigre te despedace?

—Lo prefiero a que maniatado me arranquen como el cuervo, una a una las entrañas.

—¿Por qué no llevas luto en el sombrero por la heroína?

—Porque lo llevo en el corazón por la patria, por la patria que vosotros habéis asesinado ¡infames!

—No sabes que así lo dispuso el Restaurador.

—Lo dispusisteis vosotros, esclavos, para lisonjear el orgullo de vuestro señor y tributarle vasallaje infame.

—¡Insolente! Te has embravecido mucho. Te haré cortar la lengua si chistas.

—Abajo los calzones a ese mentecato cajetilla y a nalga pelada denle verga, bien atado sobre la mesa.

Apenas articuló esto el juez, cuatro sayones salpicados de sangre, suspendieron al joven y lo tendieron largo a largo sobre la mesa comprimiéndole todos sus miembros.

—Primero degollarme que desnudarme; infame canalla.

Atáronle un pañuelo por la boca y empezaron a tironear sus vestidos. Encogíase el joven, pateaba, hacía rechinar los dientes. Tomaban ora sus miembros la flexibilidad del junco, ora la dureza del fierro y su espina dorsal era el eje de un movimiento parecido al de la serpiente. Gotas de sudor fluían por su rostro grandes como perlas; echaban fuego sus pupilas, su boca espuma, y las venas de su cuello y frente negreaban en relieve sobre su blanco cutis como si estuvieran repletas de sangre.

—Átenlo primero —exclamó el juez.

—Está rugiendo de rabia —articuló un sayón.

En un momento liaron sus piernas en ángulo a los cuatro pies de la mesa volcando su cuerpo boca abajo. Era preciso hacer igual operación con las manos, para lo cual soltaron las ataduras que las comprimían en la espalda. Sintiéndolas libres el joven, por un movimiento brusco en el cual pareció agotarse toda su fuerza y vitalidad, se incorporó primero sobre sus brazos, después sobre sus rodillas y se desplomó al momento murmurando:

—Primero degollarme que desnudarme, infame canalla.

Sus fuerzas se habían agotado; inmediatamente quedó atado en cruz y empezaron la obra de desnudarlo. Entonces un torrente de sangre brotó borbolloneando de la boca y las narices del joven y extendiéndose empezó a caer a chorros por entrambos lados de la mesa. Los sayones quedaron inmobles y los espectadores estupefactos.

26

—Reventó de rabia el salvaje unitario —dijo uno.

—Tenía un río de sangre en las venas —articuló otro.

—Pobre diablo: queríamos únicamente divertirnos con él y tomó la cosa demasiado a lo serio —exclamó el juez frunciendo el ceño de tigre—. Es preciso dar parte, desátenlo y vamos.

Verificaron la orden; echaron llave a la puerta y en un momento se escurrió la chusma en pos del caballo del juez cabizbajo y taciturno.

Los federales habían dado fin a una de sus innumerables proesas.

En aquel tiempo los carniceros degolladores del Matadero eran los apóstoles que propagaban a verga y puñal la federación rosina, y no es difícil imaginarse qué federación saldría de sus cabezas y cuchillas. Llamaban ellos salvaje unitario, conforme a la jerga inventada por el Restaurador, patrón de la cofradía, a todo el que no era degollador, carnicero, ni salvaje, ni ladrón; a todo hombre decente y de corazón bien puesto, a todo patriota ilustrado amigo de las luces y de la libertad; y por el suceso anterior puede verse a las claras que el foco de la federación estaba en el Matadero.

Libros a la carta

A la carta es un servicio especializado para empresas, librerías, bibliotecas, editoriales y centros de enseñanza; y permite confeccionar libros que, por su formato y concepción, sirven a los propósitos más específicos de estas instituciones. Las empresas nos encargan ediciones personalizadas para marketing editorial o para regalos institucionales. Y los interesados solicitan, a título personal, ediciones antiguas, o no disponibles en el mercado; y las acompañan con notas y comentarios críticos.

Las ediciones tienen como apoyo un libro de estilo con todo tipo de referencias sobre los criterios de tratamiento tipográfico aplicados a nuestros libros que puede ser consultado en www.linkgua.com.

Linkgua edita por encargo diferentes versiones de una misma obra con distintos tratamientos ortotipográficos (actualizaciones de carácter divulgativo de un clásico, o versiones estrictamente fieles a la edición original de referencia).

Este servicio de ediciones a la carta le permitirá, si usted se dedica a la enseñanza, tener una forma de hacer pública su interpretación de un texto y, sobre una versión digitalizada «base», usted podrá introducir interpretaciones del texto fuente. Es un tópico que los profesores denuncien en clase los desmanes de una edición, o vayan comentando errores de interpretación de un texto y esta es una solución útil a esa necesidad del mundo académico.

Asimismo publicamos de manera sistemática, en un mismo catálogo, tesis doctorales y actas de congresos académicos, que son distribuidas a través de nuestra Web.

El servicio de «libros a la carta» funciona de dos formas.

1. Tenemos un fondo de libros digitalizados que usted puede personalizar en tiradas de al menos cinco ejemplares. Estas personalizaciones pueden ser de todo tipo: añadir notas de clase para uso de un grupo de estudiantes, introducir logos corporativos para uso con fines de marketing empresarial, etc. etc.

2. Buscamos libros descatalogados de otras editoriales y los reeditamos en tiradas cortas a petición de un cliente.

Colección DIFERENCIAS

Diario de un testigo de la guerra de África	Alarcón, Pedro Antonio de
Moros y cristianos	Alarcón, Pedro Antonio de
Argentina 1852. Bases y puntos de partida para la organización política de la República de Argentina	Alberdi, Juan Bautista
Apuntes para servir a la historia del origen y alzamiento del ejército destinado a ultramar en 1 de enero de 1820	Alcalá Galiano, Antonio María
Constitución de Cádiz (1812)	Autores varios
Constitución de Cuba (1940)	Autores varios
Constitución de la Confederación	Autores varios
Sab	Avellaneda, Gertrudis Gómez de
Espejo de paciencia	Balboa, Silvestre de
Relación auténtica de las idolatrías	Balsalobre, Gonzalo de
Comedia de san Francisco de Borja	Bocanegra, Matías de
El príncipe constante	Calderón de la Barca, Pedro
La aurora en Copacabana	Calderón de la Barca, Pedro
Nuevo hospicio para pobres	Calderón de la Barca, Pedro
El conde partinuplés	Caro Mallén de Soto, Ana
Valor, agravio y mujer	Caro, Ana
Brevísima relación de la destrucción de las Indias	Casas, Bartolomé de
De las antiguas gentes del Perú	Casas, Bartolomé de las
El conde Alarcos	Castro, Guillén de
Crónica de la Nueva España	Cervantes de Salazar, Francisco
La española inglesa	Cervantes Saavedra, Miguel de
La gitanilla	Cervantes Saavedra, Miguel de
La gran sultana	Cervantes Saavedra, Miguel de

Pomposo Fernández, Agustín

La conquista de México	Zárate, Fernando de
La traición en la amistad	Zayas y Sotomayor, María de
Apoteosis de don Pedro Calderón de la Barca	Zorrilla, José

Colección ERÓTICOS

Cuentos amatorios	Alarcón, Pedro Antonio de
El sombrero de tres picos	Alarcón, Pedro Antonio de
El libro del buen amor	Arcipreste de Hita, Juan Ruiz
Diario de amor	Gómez de Avellaneda, Gertrudis
A secreto agravio, secreta venganza	Calderón de la Barca, Pedro
No hay burlas con el amor	Calderón de la Barca, Pedro
Lisardo enamorado	Castillo y Solórzano, Alonso del
El amante liberal	Cervantes, Miguel de
Adúltera	Martí, José
El burlador de Sevilla	Molina, Tirso de
Arte de las putas	Moratín, Nicolás Fernández de
El examen de maridos...	Ruiz de Alarcón y Mendoza, Juan
La dama boba	Vega, Lope de
Reinar después de morir	Vélez de Guevara, Luis
Don Juan Tenorio	Zorrilla, José

Colección ÉXTASIS

De los signos que aparecerán	Berceo, Gonzalo de
Milagros de Nuestra Señora	Berceo, Gonzalo de
Empeños de la casa de la sabiduría	Cabrera y Quintero, Cayetano de
Autos sacramentales	Calderón de la Barca, Pedro
El alcalde de Zalamea	Calderón de la Barca, Pedro
El divino cazador	Calderón de la Barca, Pedro
El divino Orfeo	Calderón de la Barca, Pedro
El gran teatro del mundo	Calderón de la Barca, Pedro
El mágico prodigioso	Calderón de la Barca, Pedro
La casa de los linajes	Calderón de la Barca, Pedro
La dama duende	Calderón de la Barca, Pedro

La vida es sueño	Calderón de la Barca, Pedro
Loa a El Año Santo de Roma	Calderón de la Barca, Pedro
Loa a El divino Orfeo	Calderón de la Barca, Pedro
Loa en metáfora de la piadosa hermandad del refugio	Calderón de la Barca, Pedro
Los cabellos de Absalón	Calderón de la Barca, Pedro
No hay instante sin milagro	Calderón de la Barca, Pedro
Sueños hay que verdad son	Calderón de la Barca, Pedro
El retablo de las maravillas	Cervantes Saavedra, Miguel de
El rufián dichoso	Cervantes Saavedra, Miguel de
Novela del licenciado Vidriera	Cervantes Saavedra, Miguel de
Amor es más laberinto	Cruz, sor Juana Inés de
Blanca de Borbón	Espronceda, José de
El estudiante de Salamanca	Espronceda, José de
Poemas	Góngora y Argote, Luis de
Poemas	Heredia, José María
Libro de la vida	Jesús, santa Teresa de Ávila o de
Obras	Jesús, santa Teresa de
Exposición del Libro de Job	León, fray Luis de
Farsa de la concordia	Lopez de Yanguas
Poemas	Milanés, José Jacinto
El laberinto de Creta	Molina, Tirso de
Don Pablo de Santa María	Pérez de Guzmán, Fernán
Poemas	Plácido, Gabriel de Concepción
Poemas	Quevedo, Francisco de
Los muertos vivos	Quiñones de Benavente, Luis
Primera égloga	Garcilaso de la Vega

Colección HUMOR

Lazarillo de Tormes	Anónimo
El desafío de Juan Rana	Calderón de la Barca, Pedro
La casa holgona	Calderón de la Barca, Pedro
La dama duende	Calderón de la Barca, Pedro
Las jácaras	Calderón de la Barca, Pedro

Printed in the United States
138158LV00001BA/197/A